KB120861

BIRTHDAY GIRL

BIRTHDAY GIRL
by Haruki Murakami

버스데이 걸

BIRTHDAY GIRL

36
46 79 68 88 61
53 95 58 23 92 38 59
60 1 4 41 17 45 67
5 29 24 70
64 2 18 25 83
73 31

무라카미 하루키

카트 멘시크 그림 ★ 양윤옥 옮김

30 42
6 81 80 72 43 51 86
0 37 22 90
3 48 6 11 604 32 93
49 13 15 35 10 44
16 7 40 19 52
8 54 26 55 9 62 98
75 14 76 20 82
66 47 28 77 39 91
96 74 34 27
00 85 57 56 94 100
93 89 78 87 69 97
99 65

비채

36
79 68 88 61
46 95 58 23 92 38 45 59
53 4 41 17 67
60 1 24 70
64 2 5 29 18 25 83
73 3 8 33 12 31
50
63 71 72 30 42
81 80 43 51 86
37 22 90
48 6 11 604 32 93
10
49 13 15 35 40 44
54 16 7 55 19 52
75 26 76 9 62 98
14
66 47 28 77 20 82
74 39 91
96 34 27 100
85 57 84
93 56 94
89 78 87 69 97
99 65

차
례

BIRTHDAY GIRL

스무 살 생일날, 그녀는 평소와 똑같이 웨이트리스 일을 했다. 금요일은 항상 그녀 담당이지만, 원래 **그** 금요일 밤에는 일하러 가지 않아도 되었어야 했다. 또 한 명의 아르바이트 친구에게 날짜를 바꿔달라고 했던 것이다. 그야 당연히 그렇지. 요리사의 고함소리를 들어가며 단호박 뇨키와 해산물 프리토를 테이블에 나르는 것은 스무 살 생일을 보내는 바람직한 방법이라고 할 수 없다. 하지만 일을 바꿔주었어야 할 친구가 감기가 도져 몸져눕고 말았다. 사십 도 가까이 열이 나고 설사도 멈추지 않아 도저히 일할 수 있는 상태가 아니라는 것이었다. 그래서 급히 그녀가 일하러 나오게 되었다.

"미안해할 거 없어." 그녀는 전화에 대고 사과하는 상대를 오히려 위로하듯이 말했다. "스무 살 생일이라고 딱히 뭔가가 있는 것도 아니니까."

실제로 그녀는 그다지 실망하지도 않았다. 함께 생일날 밤을 보냈어야 할 보이프렌드와 며칠 전에 심각한 말다툼을 한 것도 그 이유 중 하나였다. 고등학교 때부터 계속 교제해온 상대로, 다툼의 원인은 그리 대단한 것은 아니었다. 하지만 생각지도 못하게 얘기가 꼬이면서 오는 말에 가는 말로 응수하는 거친 말다툼이 한바탕 이어진 뒤, 지금까지 두 사람을 이어주던 유대감이 치명적으로 손상되고 말았다는 느낌이 있었다. 그녀 안에 돌덩이처럼 딱딱해져서 죽어버린 것이 있었다. 말다툼을 한 뒤 그에게서는 전화가 걸려오지 않았고 그녀 쪽에서도 전화할 마음은 나지 않았다.

그녀가 일하는 곳은 그럭저럭 이름이 알려진 롯폰기의 이탈리안 레스토랑이었다. 1960년대 중반부터 하고 있는 가게로, 나오는 요리에 선구적인 예리함은 없지만 맛 자체는 지극히 정직한 것이어서 아무리 먹어도 물리는 게 없었다. 가게 분위기도 억지스러운 데 없이 온화한 차분함이 있었다. 젊은 손님보다는 나이 든 단골이 많고, 위치상 그중에는 유명한 배우나 작가도 섞여 있었다.

두 명의 웨이터는 정규직으로 일주일에 육 일 동안 일했다. 그녀와 또 한 명의 학생 아르바이트 친구는 교대로 삼 일씩 일하고 있었다. 그밖에 플로어 매니저가 한 명. 계산대에는 바짝 마른 중년 여자가 앉아 있었다. 그녀는 가게가 처음 문을 열

때부터 계속 그곳에 앉아 있었다는 얘기였다. 찰스 디킨스의 《리틀 도릿》에 나오는 음울한 노부인처럼 그녀가 그 자리에서 일어서는 일은 웬만해서는 없었다. 그녀는 손님에게서 식사비를 받고 전화가 울리면 수화기를 들었다. 그 이외의 일은 아무것도 하지 않았다. 필요가 없는 한, 말은 하지 않았다. 항상 검은 원피스를 입었다. 분위기는 그야말로 섬뜩할 만큼 딱딱해서 밤바다에 띄워두면 배가 부딪혀 가라앉을 것 같았다.

플로어 매니저는 아마도 사십대 중반을 넘어선 정도였을 것이다. 키가 크고 어깨가 넓어서 젊은 시절에는 아마도 스포츠맨 체형이었겠지만 이제는 배와 턱에 군살이 붙기 시작했다. 짧고 굵은 머리칼은 정수리 근처가 조금 성글성글해졌다. 나이 들어가는 독신남에게 따라붙게 마련인 어떤 종류의 냄새가 그의 주변에 은근히 떠돌았다. 기침 멎는 드롭스와 신문지를 한참 동안 같은 서랍에 넣어둔 것 같은 냄새다. 그녀의 독신 삼촌도 그 비슷한 냄새가 났다.

플로어 매니저는 항상 검은 정장을 입고 하얀 셔츠에 나비넥타이를 매고 있었다. 똑딱단추식이 아니라 정말로 손으로

13

매는 넥타이다. 그는 거울을 안 봐도 능숙하게 그것을 맬 수 있었다. 그게 자랑거리 중 하나였다. 그의 업무는 손님의 출입을 체크하는 것, 예약 상황을 머릿속에 넣어두는 것, 단골의 이름을 기억하고 그들이 찾아오면 상냥한 얼굴로 인사하러 가는 것, 손님에게서 불만사항이 나오면 성실히 그것에 귀를 기울이는 것, 와인에 대한 전문적인 질문에는 가능한 한 상세히 답하는 것, 웨이터와 웨이트리스의 근무 태도를 감시하는 것. 그는 그 같은 직무를 하루하루 빈틈없이 해내고 있었다. 그리고 또 한 가지, 사장의 방에 저녁식사를 가져다주는 것.

"사장은 가게가 있는 빌딩의 육층에 자신의 방을 갖고 있었어. 자택인지 사무실인지를." 그녀는 말했다.

나와 그녀는 우연한 기회에 각자의 스무 살 생일에 대한 이야기를 시작했다. 그것이 어떤 하루였는가, 라는 것에 대해. 대부분의 사람들은 자신의 스무 살 생일에 대해 잘 기억하고 있다. 그녀가 스무 살 생일을 맞이한 것은 벌써 십 년도

더 지난 옛날 일이다.

"하지만 사장은 왜 그런지 절대로 가게에 얼굴을 내밀지 않았어. 사장을 만날 수 있는 사람은 플로어 매니저뿐이었고 그곳에 식사를 가져다주는 것도 그의 일이었어. 그래서 그 밑에서 일하는 우리 종업원들은 아무도 사장 얼굴을 본 적이 없었어."

"그러니까 그 사장은 자신의 가게에서 날마다 배달을 시켜 먹은 거네?"

"그렇지, 바로 그거야." 그녀는 말했다. "매일 저녁 8시에 매니저는 식사를 사장의 방까지 가져다주는 것으로 정해져 있었어. 가게로 봐서는 가장 바쁠 시간이고 그런 때 매니저가 자리를 비우는 건 역시 난감한 일이기는 했지만 전부터 그렇게 정해진 일이라서 어쩔 수 없었어. 요리는 호텔 룸서비스에서 사용하는 그런 왜건에 실려서 매니저가 진지한 얼굴로 그것을 밀며 엘리베이터에 올라타고, 그 십오 분쯤 뒤에는 빈손으로 돌아왔어. 한 시간 뒤에는 매니저가 다시 위로 올라가 빈 접시와 유리잔이 얹힌 왜건을 가져오고. 판에 박힌 듯 매일매일 그런 일을 되풀이하는 거야. 처음에 그것을 봤을 때는 무척 이상한 느낌이 들었지. 마치 종교 의식 같잖아. 나중에는 그냥 익숙해져서 아무렇지도 않았지만."

사장이 먹는 것은 항상 치킨이었다. 조리법과 곁들이는 채소는 그날그날 조금씩 달라졌지만 메인 요리는 항상 치킨으로 정해져 있었다. 젊은 요리사가 살짝 알려준 바에 따르면, 시험 삼아 똑같은 로스트 치킨을 일주일 내내 보내봤는데 불만은 일절 나오지 않았다는 얘기였다. 하지만 요리사로서는 뭔가 연구해서 내놓고 싶게 마련이어서 역대 셰프는 저마다 이런저런 방법과 재료를 동원해 온갖 다양한 치킨 요리에 도전했다. 정성껏 소스도 만들었다. 닭고기 구입처도 이곳저곳 시험해보았다. 하지만 그런 노력도 마치 허무의 구덩이에 작은 돌멩이를 던지는 것과 같은 일이었다. 반응은 일절 돌아오지 않았다. 그리고 어떤 셰프도 결국에는 포기하고 매일매일 극히 평범한 치킨 요리를 만들어 내놓게 되었다. **치킨일 것**, 그것이 요리사에게 요구되는 것의 전부였다.

그녀의 스무 살 생일날인 11월 17일도 근무는 평소와 똑같이 시작되었다. 점심때가 지나서 조금씩 빗방울이 떨어지기 시작하더니 저녁나절에는 세차게 쏟아졌다. 5시에는 종업원을 소집해 매니저가 그날의 특별 메뉴에 대한 설명을 했다. 웨이터와 웨이트리스는 그것을 한 마디 한 마디 그대로 기억해야만 한다. 커닝페이퍼 없음. 밀라노식 송아지고기 요리, 정어리와 양배추 파스타, 밤栗 무스. 경우에 따라서는 매니저가 손님인 척 뭔가 질문을 하고 종업원은 거기에 답해야만 한다. 그다음에는 종업원용 식사가 나왔다. 이른바 일꾼 밥이다. 테이블에서 손님에게 메뉴에 대해 설명하는데 배에서 꼬르륵 소리가 나는 그런 사태만은 피해야 하기 때문이다.

개점 시간은 6시였지만 비가 너무 세차게 내리는 바람에 평소에 비해 손님이 찾아오는 시간이 늦어졌다. 몇 개인가의 예약은 취소되었다. 여성은 드레스가 비에 젖는 것을 싫어한다. 플로어 매니저는 기분이 좋지 않은 듯 입을 꾹 다물었고, 웨이터들은 무료함을 달랠 겸 소금 병을 닦거나 요리사를 상대로 음식 이야기를 주고받았다. 그녀는 손님이 한 팀밖에

없는 플로어를 바라보며 천장 스피커에서 작게 흘러나오는 하프시코드 음악에 귀를 기울이고 있었다. 가게 안에도 만추晩秋의 비 특유의 진한 냄새가 떠돌았다.

매니저의 상태가 이상해진 것은 7시 넘어서였다. 그는 힘 없이 비틀비틀 의자에 주저앉아 한참 동안 배를 누르고 있었다. 마치 총알이 날아와 박힌 것처럼. 이마에는 진땀이 맺혔다. 병원에 가는 게 좋을 것 같다, 라고 그는 무거운 목소리로 말했다. 매니저의 몸 상태가 나빠진 것은 극히 드문 일이었다. 그는 이 가게에서 일하기 시작한 지 십 년이 넘도록 한 번도 일을 쉰 적이 없었다. 한 번도 어디가 아픈 적도 어디를 다친 적도 없었다. 그것도 자랑거리 중 하나였다. 하지만 고통으로 일그러진 얼굴은 상황이 매우 좋지 않다는 것을 보여주었다.

그녀가 우산을 들고 가게 앞으로 나가 택시를 잡았다. 웨이터 중 한 사람이 매니저를 껴안다시피 부축해서 택시에 태우고 근처 병원으로 데려갔다. 택시에 타기 전에 매니저는 갈라진 목소리로 그녀에게 말했다. "8시가 되면 식사를 604호실로 가져다줘. 벨을 누르고 식사입니다, 라고 말하고 놓고 오기만 하면 되니까."

"604호실이라고요." 그녀는 말했다.

"응. 정확히 8시에." 매니저가 재차 확인했다. 그러고는 또다시 얼굴을 찡그렸다. 택시 문이 닫히고 그는 가버렸다.

매니저가 간 뒤에도 빗발은 전혀 약해지지 않았고 손님도 어쩌다 띄엄띄엄 들어올 뿐이었다. 테이블은 내내 한 자리나 두 자리가 채워지는 정도였다. 그래서 매니저와 웨이터가 한 사람씩 빠졌어도 별문제는 없었다. 다행이라고 하면 다행한 일이었다. 아무튼 전원이 다 있어도 너무 바빠서 수습이 안 될 정도였던 날도 드물지 않았으니까.

8시가 되어 사장의 식사가 차려지자 그녀는 왜건을 밀며 엘리베이터를 타고 육층으로 올라갔다. 코르크 마개를 뽑아둔 레드와인 작은 병, 커피포트, 치킨 요리, 데친 채소, 버터를 곁들인 롤빵. 평소 그대로였다. 좁은 엘리베이터 안에 고기 요리의 묵직한 냄새가 자욱하게 감돌았다. 거기에 비 냄새가 섞였다. 누군가 젖은 우산을 들고 엘리베이터에 탔었는지 발

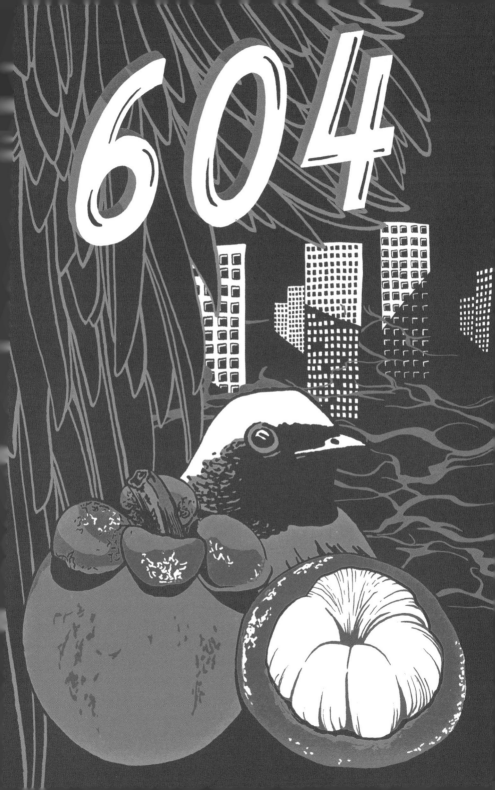

밑의 바닥에는 작은 물웅덩이가 생겨나 있었다.

그녀는 복도를 지나 604라는 번호가 붙은 문 앞에 멈춰 서서 알려준 번호를 머릿속에서 다시 한 번 확인했다. 604. 그리고 한 차례 헛기침을 한 뒤에 문 옆에 있는 벨을 눌렀다.

대답은 없었다. 그녀는 이십 초쯤 그대로 문 앞에 서 있었다. 다시 벨을 누를까 하고 생각했을 때 돌연 문이 안쪽에서 열리고 여위고 자그마한 몸집의 노인이 모습을 드러냈다. 키는 그녀보다 십 센티미터는 작을 것이다. 짙은 감색 정장을 입고 넥타이를 매고 있었다. 하얀 셔츠에 마른 잎 같은 색깔의 넥타이다. 모든 것이 청결하고 주름 하나 없고, 백발은 깨끗이 빗어 올려 이제부터 어딘가 밤 모임에 나가려던 참인 것처럼 보였다. 이마에는 깊은 주름이 몇 줄이나 새겨졌고 그것은 항공사진에 찍힌 깊은 계곡을 떠올리게 했다.

"식사를 가져왔습니다." 그녀는 잠겨든 소리로 말했다. 그러고는 다시 가볍게 헛기침을 했다. 긴장하면 항상 목이 잠겨버린다.

"식사?"

"네. 매니저님이 갑작스럽게 몸이 안 좋아져서 오늘은 제가 대신 가져왔습니다."

"그래요." 노인은 문손잡이에 한 손을 얹은 채 자기 자신에게 들려주듯이 그렇게 말했다. "흐음, 몸이 안 좋다?"

"네. 갑자기 배가 아프다고 하셨어요. 그래서 병원으로 갔습니다. 매니저님 본인은 어쩌면 충수염인지도 모른다고 했습니다만."

"그거 딱하게 됐네." 노인은 말했다. 그리고 손가락으로 이마의 주름을 살짝 더듬었다. "거참, 딱하게 됐어."

그녀는 헛기침을 했다. "저어, 식사를 안으로 들여가도 될까요?"

"아, 음, 물론이지." 노인은 말했다. "물론이야. 나는 괜찮아. 자네가 그렇게 원한다면."

내가 그렇게 원한다면? 그녀는 생각했다. 상당히 기묘한 말투다. 내가 대체 무엇을 원한다는 것인가.

노인은 문을 활짝 열었고 그녀는 왜건을 밀며 안으로 들어갔다. 방 안 바닥에는 털 길이가 짧은 회색 카펫이 깔렸고 구

두를 벗지 않고 그대로 안에까지 들어가는 구조였다. 주거 공간이라기보다 오히려 사무실로 쓰는지 문 안쪽은 널찍한 서재로 꾸며져 있었다. 창으로는 화려한 조명이 켜진 도쿄타워가 바로 가까이에 보였다.

창 앞에 큼직한 업무용 책상이 있고 책상 옆에는 자그마한 소파 세트가 있었다. 노인은 그 소파 앞의 테이블을 가리켰다. 길쭉하고 키 낮은 포마이카 테이블이다. 그녀는 테이블 위에 식사를 차례차례 내려놓고 하얀 천 냅킨과 커트러리를 세팅했다. 커피포트와 커피 잔, 와인과 와인 잔, 빵과 버터, 그리고 데친 채소를 곁들인 로스트 치킨 접시.

"한 시간쯤 뒤에 다시 오겠습니다. 식기는 평소에 하던 대로 복도로 내주시겠습니까?" 그녀는 말했다.

노인은 차려진 요리를 흥미 깊은 듯 한바탕 살펴보았고 그러고는 문득 생각난 것처럼 대답했다. "응, 물론이지. 복도로 내놓겠네. 왜건에 얹어서. 한 시간 뒤에. 자네가 그렇게 원한다면."

그래요, 그게 내가 원하는 겁니다, 현재로서는, 이라고 그녀는 마음속으로 생각했다. "그밖에 다른 시키실 일은 없으십니까?"

"아니, 딱히 다른 일은 없는 것 같네." 노인은 잠시 생각해 본 뒤에 말했다. 그는 깨끗하게 닦인 검은 가죽구두를 신고 있었다. 작은 사이즈의, 아주 시크한 가죽구두였다. 멋쟁이구나, 라고 그녀는 생각했다. 그 나이치고는 자세도 꼿꼿했다.

"그러면 이만 실례하겠습니다."

"아니, 잠깐만." 노인이 말했다.

"네, 무슨 일이신지요."

"아가씨, 오 분쯤만 자네 시간을 내줘도 괜찮겠는가?" 노인이 말했다. "자네와 이야기하고 싶네."

아가씨? 그 단어를 듣고 그녀는 저도 모르게 얼굴이 붉어졌다. "네, 뭐, 괜찮을 것 같습니다. 저어, 그러니까, 오 분 정도라면." 왜냐면 나는 이 사람에게 시급을 받고 고용된 것이다. 이제 새삼 시간을 내주고 말고 할 것도 없다. 게다가 노인은 나쁜 짓을 할 사람처럼은 보이지 않았다.

"그런데 자네는 몇 살이나 되었나?" 노인은 책상 옆에서

팔짱을 끼고 선 채 똑바로 그녀의 눈을 보며 그렇게 물었다.

"스무 살이 된 참입니다." 그녀는 말했다.

"스무 살이 된 참이다." 노인은 반복해서 말했다. 그리고 마치 뭔가의 틈새를 들여다보는 것처럼 눈을 가늘게 떴다. "**된 참이다**, 라는 것은 즉 말하자면 스무 살이 된 지 얼마 안 되었다는 얘기인가?"

"네⋯⋯. 아니, 얼마 안 되었다기보다 이제 막 스무 살이 되었습니다." 그리고 잠시 망설이고 나서 덧붙였다. "실은 오늘이 생일입니다."

"그렇군." 노인은 이해했다는 듯이 턱을 쓰다듬으며 말했다. "흠, 그래. 바로 오늘이 그러니까 자네의 스무 살 생일날이군."

그녀는 말없이 고개를 끄덕였다.

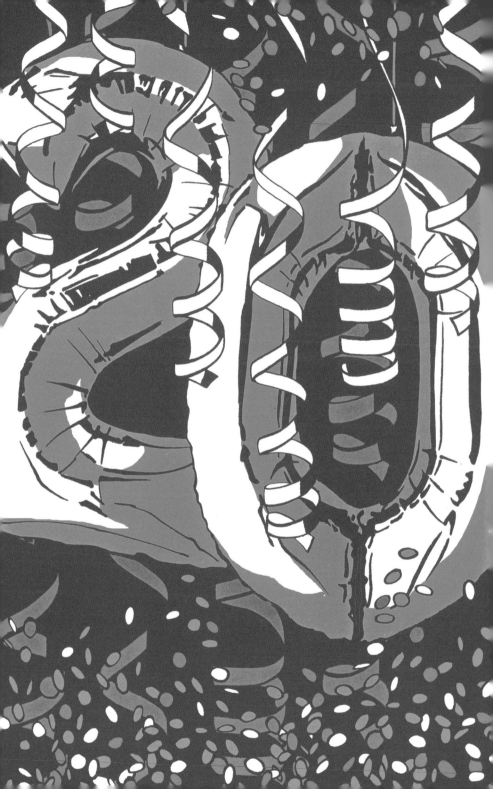

"지금부터 정확히 이십 년 전의 오늘, 자네는 이 세상에 태어났어."

"네. 그런 얘기가 됩니다."

"그렇군. 그래." 노인은 말했다. "거 참 좋은 일이야. 축하하네."

"감사합니다." 그녀는 말했다. 생각해보니 오늘 하루, 누군가에게서 축하한다는 말을 들은 것은 그게 처음이었다. 어쩌면 원룸에 돌아가면 규슈 오이타의 부모님이 보낸 메시지가 자동응답기에 녹음되어 있을지도 모르지만.

"이건 축하할 일이야." 노인이 되풀이했다. "참으로 멋진 일이지. 어떤가, 아가씨, 레드와인으로 축배를 드는 건?"

"고맙습니다. 하지만 지금 일하는 중이라서……."

"한 모금쯤이라면 상관없겠지. 내가 괜찮다고 했으니까 아무도 자네를 나무라거나 하지 않아. 축복의 표시 정도만 하면 돼."

노인은 레드와인의 코르크를 빼고 그녀를 위해 와인 잔에는 조금만 따르고, 작은 유리문 선반에서 아무런 별다를 것 없는 작은 잔을 꺼내 거기에 자신을 위한 와인을 따랐다.

"생일 축하하네." 노인은 말했다. "아가씨, 자네의 인생이 보람 있는 풍성한 것이 되기를. 어떤 것도 거기에 어두운 그림자를 떨구는 일이 없기를."

두 사람은 잔을 마주쳤다.

어떤 것도 거기에 어두운 그림자를 떨구는 일이 없기를, 이라고 그녀는 머릿속에서 노인의 대사를 반복했다. 어째서 이 사람은 이렇게 조금 평범하지 않은 말을 쓰는 것일까.

"스무 살 생일이라는 건 인생에 단 한 번밖에 없는 것이야. 그리고 그건 무엇과도 바꿀 수 없는 중요한 것이라네, 아가씨."

네, 라고 그녀는 대답했다. 그러고는 와인을 조심스럽게 한 모금만 마셨다.

"그리고 자네는 그런 특별한 날에 나에게로 수고스럽게 저녁식사를 가져다주었어. 흡사 친절한 요정처럼."

"하지만 저는 그저 지시받은 대로 했을 뿐입니다."

"그렇다고 해도 그래." 노인은 말했다. 그리고 몇 번인가 짧게 고개를 흔들었다. "그렇다고 해도 그렇다네, 아름다운 아가씨."

노인은 책상 앞의 가죽 의자에 자리를 잡고 앉았다. 그리고 그녀에게도 소파에 앉으라고 말했다. 그녀는 와인 잔을 손에 든 채 소파에 얕게 걸터앉았다. 무릎을 딱 붙이고 치맛자락을 당겼다. 그리고 다시 헛기침을 했다. 빗방울이 창유리 바깥쪽에 긴 줄을 그리는 것이 보였다. 방 안은 신비할 정도로 조용했다.

"오늘은 마침 자네의 스무 살 생일이고, 게다가 자네는 나를 위해 따뜻하고 훌륭한 식사를 가져다주었어." 노인은 다시 한 번 확인하듯이 말했다. 그리고 딸칵 하는 소리를 내며 유리잔을 책상 위에 내려놓았다. "이것도 어떤 운명의 인연이야. 그렇게 생각하지 않나?"

그녀는 뭔가 좀 확신을 갖지 못한 채 고개를 끄덕였다.

"그래서 말인데……." 노인은 마른 잎 색깔의 넥타이의 매듭을 만지며 말했다. "나로서는, 아가씨, 자네에게 뭔가 생일 선물을 주고 싶어. 스무 살 생일 같은 특별한 날에는 특별한 기념품이 필요하지, 뭐니 뭐니 해도."

그녀는 당황해서 고개를 저었다. "그런 건 신경 쓰시지 않아도 괜찮습니다. 저는 윗사람이 하라고 해서 식사를 가져온 것뿐이니까요."

노인은 손바닥을 앞으로 향하고 두 손을 펼쳤다. "아니, 아니, 자네야말로 신경 쓰지 않아도 돼. 선물이라고 해도 형태가 있는 것이 아니야. 가치가 있는 것도 아니고. 그러니까 그게 말이지……." 그는 두 손을 책상 위에 놓으며 말했다. 그리고 한 차례 천천히 숨을 쉬었다. "그러니까 그게 말이지, 나는 자네의 소원을 들어주고 싶은 것이라네, 귀여운 요정 아가씨. 자네가 원하는 것을 들어주고 싶어. 무엇이든 좋아. 어떤 소원이라도 상관없어. 물론 자네가 원하는 것이 있다면 그렇다는 얘기네만."

"소원?" 그녀는 메마른 소리로 말했다.

"이렇게 되었으면 좋겠다, 하는 소원. 아가씨, 자네가 원하

38

는 것 말이야. 만일 그런 소원이 있다면 한 가지만 이루어지게 해주겠네. 그것이 내가 줄 수 있는 생일 선물이야. 하지만 딱 한 가지니까 신중하게 잘 생각하는 게 좋아." 노인은 공중에 손가락 하나를 치켜들었다. "딱 한 가지야. 나중에 마음이 바뀌어도 도로 물릴 수는 없다네."

그녀는 할 말을 잃었다. 소원이라고? 비가 바람에 휘날려 창유리에 부딪치면서 불규칙한 소리를 올렸다. 침묵이 이어지는 동안, 노인은 아무 말도 하지 않고 그녀의 눈을 보고 있었다. 그녀의 귓속에서 시간이 불규칙한 고동鼓動을 새겼다.

"내가 뭔가 소원을 빌면 그게 이루어지는 건가요?"

노인은 그 질문에는 답하지 않았다. 책상 위에 두 손을 가지런히 놓은 채 그저 빙긋이 미소를 지었을 뿐이다. 매우 자연스럽고 우호적인 웃음이었다.

"아가씨, 자네에게는 소원이 있는가? 아니면 없는가?" 노인은 온화한 목소리로 그렇게 말했다.

그녀는 내 얼굴을 보았다. "이거, 정말로 있었던 일이야. 적당히 지어낸 얘기를 하는 게 아니야."

"물론이지." 나는 말했다. 물론 그녀는 적당히 지어낸 얘기를 하는 그런 성격이 아니다. "그래서 당신은 그때 뭔가 소원을 빌었어?"

그녀는 다시 한참 동안 내 얼굴을 보고 있었다. 그러고는 작은 한숨을 쉬었다. "나도 그 할아버지가 하는 말을 곧이곧대로 다 받아들였던 것은 아니야. 스무 살이나 된 터에 무슨 옛날이야기도 아니고. 하지만 만일 그것이 즉석에서 만들어낸 유머라고 한다면 상당히 센스가 있잖아? 꽤 멋진 데가 있는 할아버지이기도 했고, 그래서 나도 그 얘기에 박자를 맞춰주자고 생각했어. 스무 살 생일날이잖아, 조금쯤은 평범하지 않은 일이 일어나도 괜찮다. 나는 그렇게 생각했어. 믿는다든가 믿지 않는다든가 하는 그런 문제가 아니라."

나는 말없이 고개를 끄덕였다.

"내 기분은 이해가 되지? 아무 일도 없이, 축하한다고 말해주는 사람도 없이, 안초비 소스를 끼얹은 토르텔리니를 나르면서 허무하게 하루가 끝나려 하고 있었어. 스무 살 생일

인데."

나는 다시 한 번 고개를 끄덕이며 말했다. "이해하고말고."

"그래서 나는 그 말대로 소원을 한 가지 빌었어." 그녀는 말했다.

노인은 잠시 아무 말 없이 그녀의 얼굴을 보고 있었다. 두 손은 책상 위에 놓인 채였다. 책상 위에는 장부 같은 두툼한 폴더가 몇 권 놓여 있었다. 필기도구와 달력, 초록색 갓이 씌워진 램프도 있었다. 그의 자그마한 한 쌍의 손은 마치 비품의 일부처럼 그곳에 놓여 있었다. 빗방울은 여전히 창유리를 두드리고 그 너머로 도쿄타워의 불빛이 번져 보였다.

노인의 주름이 아주 조금 깊어졌다. "아, 그게 그러니까 자네의 소원이라는 말인가?"

"네, 그렇습니다."

"자네 같은 나이 대의 여성치고는 약간 색다른 소원이라는 생각이 드는데." 노인은 말했다. "사실을 말하자면, 나는 조금 다른 타입의 소원을 예상했는데 말이야."

"어려우시다면 뭔가 다른 것으로 할게요." 그녀는 말했다. 그러고는 한 차례 헛기침을 했다. "다른 것이어도 상관없어요. 뭔가 또 생각해볼 테니까요."

"아니, 아니야." 노인은 두 손을 들어올려 깃발처럼 공중에서 하늘하늘 흔들었다. "어려울 거 없어, 전혀. 다만 나는 좀 놀랐어, 아가씨. 그러니까 뭔가 그밖에 자네가 원하는 건 없다는 말이지? 이를테면…… 그렇지, 좀 더 미인이 되고 싶다든가 똑똑해지고 싶다든가 부자가 되고 싶다든가, 그런 것이 아니어도 괜찮은가? 보통 젊은 여성이 원할 만한 것이 아니어도?"

그녀는 시간을 들여 할 말을 찾아보았다. 노인은 그동안 아무 말도 하지 않고 단지 지그시 기다리고 있었다. 그의 두 손은 책상 위에 조용하게 가지런히 놓여 있었다.

"물론 미인이 되고 싶고 똑똑해지고 싶고 부자가 되고 싶기도 해요. 하지만 그런 것은 만일 실제로 이루어져버리면 그 결과 나 자신이 어떤 식으로 변해갈지, 저는 잘 상상이 안 돼요. 오히려 감당을 못하게 되고 말지도 모르죠. 저한테는 인

46

생이라는 것이 아직 잘 잡히지 않고 있어요. 정말로. 그 구조를 잘 모르겠어요.”

“흠, 그래.” 노인은 두 손으로 깍지를 끼고 그것을 다시 풀었다. “그렇군.”

“그런 소원이라도 괜찮을까요?”

“물론이지.” 노인은 말했다. “물론이야. 내 쪽에는 아무 문제도 없어.”

노인은 갑자기 공중의 한 지점을 지그시 응시했다. 이마의 주름이 한층 깊어졌다. 마치 사념에 집중하는 뇌의 주름처럼. 그는 공중에 떠 있는 뭔가를―이를테면 눈에 보이지 않을 정도로 미세한 깃털 같은 것을― 보고 있는 것 같았다. 그러고는 두 손을 펼치고 엉덩이를 가볍게 들고 힘차게 손바닥을 맞댔다. **따악** 하는 건조하고 짧은 소리가 났다. 그리고 의자에 앉았다. 손끝으로 이마의 주름을 부드럽게 풀어주듯이 천천히 더듬더니 조용히 미소를 지었다. “이걸로 됐네. 이걸로 자네의 소원이 이루어졌어.”

“벌써 이루어진 거예요?”

"음, 자네의 소원은 이미 이루어졌어. 아주 간단한 일이었네." 노인은 말했다. "아름다운 아가씨, 생일 축하해. 왜건은 복도에 내놓을 테니까 걱정하지 않아도 돼. 자네가 하던 일로 돌아가게."

그녀는 엘리베이터를 타고 가게로 돌아왔다. 빈손이 된 탓인지 몸이 유난히 가볍고 둥실둥실 떠오르는 듯한, 뭔지 알 수 없는 것 위를 걷고 있는 듯한 기분이었다.

"무슨 일 있었어? 아주 멍한 얼굴을 하고 있는데?" 나이가 어린 쪽의 웨이터가 말을 건넸다.

그녀는 수수께끼 같은 미소를 지으며 고개를 저었다. "그래? 아무 일도 없었는데?"

"아 참, 사장은 어떤 사람이었어?"

"알 게 뭐야. 자세히 안 봤어." 그녀는 쌀쌀맞게 대답했다.

한 시간 반쯤 뒤에 그녀는 식기를 가지러 갔다. 식기는 왜건에 얹혀 복도에 나와 있었다. 덮개를 들어보니 요리는 깨끗이 없어졌고 와인도 커피포트도 비어 있었다. 604호실의 문은 무표정하게 닫혀 있었다. 그녀는 한동안 말없이 그 문을

보고 있었다. 그것은 지금이라도 스윽 열릴 것 같았다. 하지만 열리지 않았다. 그녀는 왜건을 엘리베이터에 싣고 아래층으로 내려와 개수대로 옮겼다. 셰프는 평소와 똑같이 깨끗이 비워진 접시를 보고 무표정하게 고개를 끄덕였다.

"그 뒤로 사장과 얼굴을 마주한 일은 한 번도 없었어." 그녀는 말했다. "매니저는 결국 단순한 복통으로, 그다음 날부터 다시 직접 식사를 가져다주게 되기도 했고, 해가 바뀌고 곧바로 내가 아르바이트를 그만뒀거든. 그 이후로 가게에는 간 적이 없어. 어째서인지는 모르겠지만 별로 그쪽에 가까이 가지 않는 게 좋을 것 같은 마음이 들었거든. 그냥 어쩐지 예감적으로."

그녀는 뭔가를 생각하면서 종이 코스터를 손가락으로 만지작거렸다.

"이따금 그 스무 살 생일날 밤에 일어난 일이 모두 다 환상이었던 것처럼 생각되기도 해. 어떤 작용 같은 것이 일어나 실제로는 없었던 일을 그냥 있었다고 믿고 있는 게 아닌가

하는. 하지만 말이지, 그건 틀림없이 실제로 일어났던 일이야. 그 604호실 안에 있었던 가구나 장식물 하나하나를 나는 지금도 상세한 부분까지 생생하게 기억할 수 있어. 그건 실제로 일어난 일이었고, 아마도 매우 중요한 의미를 가진 일인 거야."

우리는 한바탕 침묵에 잠긴 채 각자의 마실 것을 마시고 각자 아마도 다른 것을 생각하고 있었다.

"한 가지 질문을 해도 괜찮을까?" 나는 말했다. "정확히 말하자면, 질문은 두 가지가 되겠지만."

"좋아." 그녀는 말했다. "하지만 상상컨대 당신은 내가 그때 어떤 소원을 빌었는지 우선 그걸 알고 싶은 거 아니야?"

"그런데 당신은 그건 별로 이야기하고 싶지 않은 것처럼 보이는데."

"그렇게 보여?"

나는 고개를 끄덕였다.

그녀는 코스터를 아래로 내려놓고, 멀리 있는 것을 응시하듯이 눈을 가늘게 떴다. "소원이라는 건 누군가에게 말해버리면 안 되는 것이야, 아마도."

"굳이 억지로 그 얘기를 하라고 할 생각은 없어." 나는 말했다. "내가 알고 싶은 것은 우선 그 소원이 실제로 이루어졌느냐는 것. 그리고 그것이 무엇이었건 간에 당신이 그때 소원으로 **그것을 선택한** 것을 나중에 후회하지 않았는가, 라는 것이야. 말하자면 뭔가 좀 다른 것을 빌었더라면 좋았다든가, 그런 식으로는 생각하지 않았어?"

"첫 질문에 대한 대답은 예스이자 노야. 아직 내 인생은 앞날이 길게 남아 있을 것 같고, 내가 이 일의 경과를 마지막까지 지켜본 것은 아니니까."

"시간이 걸리는 소원이었구나?"

"그렇지." 그녀는 말했다. "거기에서는 시간이 중요한 역할을 하게 돼."

"어떤 종류의 요리처럼?"

그녀는 고개를 끄덕였다.

나는 그것에 대해 잠시 생각해보았다. 하지만 내 머릿속에는 저온의 오븐에서 천천히 구워지는 거대한 파이의 이미지

밖에 떠오르지 않았다.

"두 번째 질문에 대해서는?" 나는 물어보았다.

"두 번째 질문이 뭐였더라?"

"당신은 그것을 소원으로 선택한 것을 후회하지 않았는가."

잠시 침묵의 시간이 있었다. 그녀는 깊이가 없는 눈을 내게로 향하고 있었다. 바싹 마른 미소의 흔적이 그 입가에 떠 있었다. 그것은 나에게 고요한 체념 같은 것을 느끼게 했다.

"나는 지금, 세 살 연상의 공인회계사와 결혼했고 아이가 둘이 있어." 그녀는 말했다. "아들과 딸. 아이리시 세터가 한 마리. 아우디를 타고 다니고, 일주일에 두 번 여자 친구들과 테니스를 해. 그게 지금의 내 인생."

"그리 나쁘지 않은 것 같은데?" 나는 말했다.

"아우디의 범퍼에 두 군데쯤 움푹 찌그러진 데가 있어도?"

"그야 범퍼는 찌그러지기 위해 달려 있는 것이지."

"그런 스티커가 있으면 좋겠다." 그녀는 말했다. "―범퍼는 찌그러지기 위해 달려 있다."

나는 그녀의 입가를 보고 있었다.

"내가 하고 싶은 말은……." 그녀가 조용히 말했다. 그리고 귓불을 긁적였다. 예쁜 모양의 귓불이다. "인간이란 어떤 것을 원하든, 어디까지 가든, 자신 이외의 존재는 될 수 없는 것이구나, 라는 것. 단지 그것뿐이야."

"그런 스티커도 나쁘지 않겠네." 나는 말했다. "—인간이란 어디까지 가든 자기 자신 이외의 존재는 될 수 없는 것이다."

그녀는 소리 높여 재미있다는 듯이 웃었다. 그것으로 아까까지 그곳에 있었던 메마른 미소의 흔적은 어딘가로 사라져 버렸다.

그녀는 카운터에 팔꿈치를 괴고 나를 보았다. "근데 만일 당신이 내 입장이었다면 어떤 소원을 빌었을 것 같아?"

"내 스무 살 생일날 밤에, 라는 얘기?"

"그렇지." 그녀는 말했다.

나는 한참 시간을 들여 생각해보았다. 하지만 소원 따위, 하나도 생각나지 않았다. "아무것도 생각나지 않아." 나는 솔직하게 말했다. "게다가 나는 스무 살 생일에서 너무 멀리 와

57

있어.”

“정말로 하나도 생각이 안 나?”

나는 고개를 끄덕였다.

“하나도?”

“하나도.”

그녀는 다시 한 번 내 눈을 보았다. 그것은 매우 올곧은, 솔직한 시선이었다. “당신은 틀림없이 벌써 소원을 빌었을걸?” 그녀는 말했다.

“하지만 딱 한 가지니까 신중하게 잘 생각해보는 게 좋아. 귀여운 요정 아가씨.”

어딘가의 어둠 속에서 마른 잎 색깔의 넥타이를 맨 자그마한 노인이 공중에 손가락 하나를 치켜든다. “딱 한 가지야. 나중에 마음이 바뀌어도 도로 물릴 수는 없다네.”

작가 후기

　십오 년 전쯤에 생일과 관련된 이야기로 앤솔러지를 만들기로 마음먹고, 열 편 정도의 '버스데이 스토리'를 수집해 그것을 내 손으로 번역했다. 하지만 한 권의 책으로 만들기에는 여전히 분량이 좀 부족한 것 같아서 그렇다면 내가 한 편, 생일을 테마로 오리지널 단편소설을 쓰자고 생각했다. 그것은 소설가가 앤솔러지 편집자가 되었을 때 유리한 점 중의 하나이다. 한 가지 테마에 따라 작품을 찾아내는 것에 지치면, 혹은 막히면, "에잇, 귀찮아!" 하고 자신이 직접 써버릴 수 있다.

　하지만 어째서 애초에 생일을 테마로 삼아 앤솔러지를 편집하자는 생각을 했는가. 생일이라는 건 신기한 것이라고 나는 오래전부터 생각해왔기 때문이다. 이 세계를 살아가는 누구나 생일을 하나씩 갖고 있다. 누구나 배꼽을 하나씩 갖고 있는 것처럼. 하나도 갖지 않은 사람이라고는 없고 두 개씩 가진 사람도 없다(아마 없을 거라고 생각한다). 혹은 뭔가 사정이 있어서 "정확한 생일을 알지 못한다"라는 사람이 있을지도 모른다. 하지만 그런 경우에도 "이날이 내 생일이다"라고 스스로 일단 정해버리면 그것이 곧 그 사람의 생일이 된다. 아무도(아마도) 불만은 달지 않을 것이다. 그리고 모든 사람이 일 년 중에 딱 하루, 시간으로 치면 딱 스물네 시간, 자신에게는 특별한 하루를 소유하게 된다. 부유한 자도 가난한 자도, 유명한 사람도 무명의 사람도, 키다리도 땅딸보도, 어린이도 어른도, 선인도 악인도, 모두에게 그 '특별한 날'이 일 년에 딱 한 번씩 주어진다. 매우 공평하다. 그리고 사안이 이렇게까지 정확하게 공평하다는 것은 정말로 멋진 일이 아닐까.

때때로 "나는 벌써 이 나이가 되어버려서 생일이 와도 요만큼도 기쁘지 않아요"라는 식의 말을 하는 사람이 있다. 하지만 나는 그때마다 반론을 한다. "아니, 이건 그런 문제가 아니에요. 나이를 먹는다든가 먹지 않는다든가 하는 문제가 아니라, 생일이라는 것은 당신에게 일 년에 딱 한 번밖에 없는 정말로 특별한 날이니까 이건 좀 더 소중하게 여겨야지요. 그리고 유례를 찾기 힘든 그 공평함을 축복해야지요"라고.

그런 의미에서 나는 생일과 한편이다. 언제라도 생일 측에서 있다. 친구들의 생일에는 뭔가 축하해주자는 생각을 하고, 내 생일에는 나 자신을 위해 선물을 사기도 한다. 생일날에 나 자신을 위해 사들이는 것은 대체적으로 '평범한 날이라면 일단 사지 않을 듯한'이라고 생각할 만한 것이다. '도저히 살 엄두도 나지 않네……'라고 할 정도로 값비싼 것은 아니지만 (이를테면 페라리 캘리포니아라든가), 평소 같으면 손을 내미는 것을 조금 머뭇거리게 되는 그런 것이다. 즉 '아주 조금의 호사'라고 부를 만한 것이다. 이를테면 작년 생일날에 나는 나를 위해 브루스 스프링스틴의 'The River' 박스 세트 (CD 4장, DVD 3장)를 큰맘 먹고 구입했다. 그 안의 음원 반절쯤은 이미 갖고 있었지만, 몇 가지 미발표 음원과 상당히 충실한 부클릿, 그리고 그곳에 담긴 음악에 대한 사랑을 위해 나는 이만 엔 정도를 지불한 것이다. '모처럼의 생일날이잖아, 이런 정도 호기는 부려도 괜찮을 거야'라고.

당신은 스무 살 생일에 자신이 무엇을 했는지 기억하는가. 나는 매우 똑똑히 기억하고 있다. 1969년 1월 12일은 날씨가 쌀쌀하고 옅은 구름이 낀 겨울날로, 나는 아르바이트로 커피점 점원 일을 하고 있었다. 쉬고 싶어도 일을 바꿔줄 사람이 찾아지지 않았던 것이다. 그날은 결국 마지막의 마지막까지 즐거운 일 따위는 하나도 없었고, 그것은 나의 그로부터의 인생을 암시하는 것처럼(그때는) 느껴졌었다.

이 이야기에서는 여주인공이 고독한 가운데 그 당시의 나와 똑같이 별로 신통치 않은 스무 살 생일을 맞이하게 된다. 해는 저물고 비까지 내리기 시작했다. 자아, 과연 마지막 순간의 대반전 같은 것이 그녀를 기다리고 있을까.

2017년 9월

무라카미 하루키

옮긴이 **양윤옥**

일본 문학 전문 번역가. 무라카미 하루키의《1Q84》《도쿄기담집》, 히가시노 게이고의《나미야 잡화점의 기적》《연애의 행방》, 스미노 요루의《너의 췌장을 먹고 싶어》등 다수의 작품을 우리말로 옮겼고, 2005년 히라노 게이치로의《일식》으로 일본 고단샤에서 수여하는 '노마문예번역상'을 수상했다.

버스데이 걸

1판 1쇄 발행 2018년 4월 16일   **1판 4쇄 발행** 2018년 6월 11일

지은이 무라카미 하루키   **그린이** 카트 멘시크   **옮긴이** 양윤옥
펴낸이 고세규
편집 장선정   **디자인** 정지현

발행처 김영사
주소 경기도 파주시 문발로 197(문발동) 우편번호 10881
등록 1979년 5월 17일(제406-2003-036호)
주문 및 문의 전화 031)955-3100   팩스 031)955-3111
편집부 전화 02)3668-3295   팩스 02)745-4827   전자우편 literature@gimmyoung.com
비채 카페 cafe.naver.com/vichebooks 인스타그램 @drviche 카카오톡 @비채책
트위터 @vichebook   페이스북 www.facebook.com/vichebook
ISBN 978-89-349-8117-6 03830   책값은 뒤표지에 있습니다.

비채는 김영사의 문학 브랜드입니다.
이 도서의 국립중앙도서관 출판시도서목록(CIP)은 서지정보유통지원시스템 홈페이지(http://seoji.nl.go.kr)와 국가자료공동목록시스템(http://www.nl.go.kr/kolisnet)에서 이용하실 수 있습니다.
(CIP제어번호: CIP2018010094)